LA GALERIE
DE VAUCLUSE,

DISCOURS

LU A L'ACADÉMIE DE VAUCLUSE, A L'OCCASION DU PRIX DÉCERNÉ
AU MEILLEUR ÉLOGE DE VERNET;

PAR M. DUPUY,

AVOCAT-AVOUÉ, MEMBRE DE PLUSIEURS SOCIÉTÉS LITTÉRAIRES.

> Il faut que le cœur parle ou que l'auteur se taise,
> Ne célébrons jamais que ce que nous aimons.
>
> VOLTAIRE, *Épit. sur l'agriculture.*

PARIS,

CHEZ TOUS LES MARCHANDS DE NOUVEAUTÉS.

1827.

IMPRIMERIE DE H. FOURNIER, RUE DE SEINE, Nº 14.

LA GALERIE
DE VAUCLUSE,

DISCOURS

LU A L'ACADÉMIE DE VAUCLUSE, A L'OCCASION DU PRIX
DÉCERNÉ AU MEILLEUR ÉLOGE DE VERNET ;

PAR M. DUPUY,

AVOCAT-AVOUÉ, MEMBRE DE PLUSIEURS SOCIÉTÉS LITTÉRAIRES.

Il faut que le cœur parle ou que l'auteur se taise.
Ne célébrons jamais que ce que nous aimons.

VOLTAIRE, *Épit. sur l'agriculture.*

PARIS,

CHEZ TOUS LES MARCHANDS DE NOUVEAUTÉS.

1827.

LA GALERIE

DE VAUCLUSE.

―――――

Qu'importe à mon bonheur qu'une nymphe vulgaire
Montre du doigt mon front à demi séculaire,
Et sourie en voyant, sur mes cheveux déserts,
Tomber à gros flocons la neige des hivers.
O toi qui, toujours chaste et désintéressée,
N'aspiras qu'à régner sur ma noble pensée;
Toi qui, fermant les yeux sur l'outrage du temps,
Aimes tes amis vieux comme dans leur printemps,

Descends de l'Hélicon, divine Polymnie,
Viens prêter à mes chants ta sublime harmonie !
Si je parus un jour, parjure à mes sermens,
Déserter les drapeaux de tes doctes amans,
Pardonne un faux transport expié par les larmes ;
Sans trahir nos amours, je négligeai tes charmes ;
Mais au plus tendre amant quelle heureuse beauté
N'a pas à reprocher une infidélité ?
Pour le plus doux sujet où mon cœur s'intéresse,
Daigne exaucer les vœux qu'aujourd'hui je t'adresse ;
Ranime encor ma voix avant que le Destin
Ait, de son doigt fatal, sur sa cloche d'airain,
Au signal de Clothon, noire sœur filandière,
Fait tomber le marteau de mon heure dernière.

Quoique déjà Saturne, aux pas silencieux,
De son souffle de glace ait obscurci mes yeux ;
Si je reprends mon luth qu'un caprice profane,
Du venin des serpens de l'impure chicane
Laissa long-temps rouiller, Vaucluse, heureux séjour,
Où, sous un ciel ami, mes yeux ont vu le jour,
Ce n'est point pour chanter la fertile contrée,
Où, malgré les fureurs de l'importun Borée,
De ses sept bras d'azur entourant tous ses bords,
Tu couronnes Cérès des plus riches trésors ;

Ni ta flore, toujours vive, fraîche et vermeille,
Aux folâtres amours étalant sa corbeille;
La racine de pourpre ouvrant mille canaux
Qui de l'or du Pactole abreuvent ses hameaux;
Ni le ver qui sur l'herbe où son art se déploie,
Rampe, file, et s'endort dans un tombeau de soie;
Ni le nectar mûri sur tes brûlans coteaux,
Rival heureux d'Aï, de Beaune et de Citeaux.
Mais je veux célébrer tes Linus, tes Orphées,
Qui dans les arts divers s'érigeant des trophées,
Ont, au son de leur lyre, aux accens de leur voix,
Entraîné les lions, les rochers et les bois.

Des talens, des vertus, des arts, de la victoire,
S'il ne m'est pas donné de rehausser la gloire,
Je veux à leur couronne ajouter un fleuron,
Et sur leurs étendards faire flotter mon nom.

De l'illustre Fléchier l'éloquence brillante
Orna la vérité d'une grace attrayante.
Son trait chargé de fleurs, mais lancé par la foi,
Du dieu fort et jaloux fait adorer la loi.
Dans le champ parfumé de ses apothéoses
L'austère vérité se couronne de roses,
Et la plume en ses mains est un rayon de miel
Dont le flot adoucit la volonté du ciel.

De Poulle n'obtint pas des succès moins prospères.
Sur le dépôt sacré de la foi de nos pères,
Cet aigle d'Avignon, les yeux toujours ouverts,
Dévoila l'athéisme et ses complots pervers.
Éveillé par le bruit, éclairé par la flamme
Des foudres qu'un saint zèle allumait dans son ame,
Sur le seuil de la mort l'impie épouvanté
Invoquait le néant, et vit l'éternité.

De Paule et d'Augustin heureux panégyriste,
Des ennemis de Dieu terrible antagoniste,
Maury sut réunir, par un accord flatteur,
La palme politique à celle d'orateur :
Il défend en lion et l'autel et le trône,
Et, lorsque du saint roi dévorant la couronne,
La foudre eut, vomissant la mort, les attentats,
Éclairé sur leur sort les autres potentats,
De ses rivaux vainqueurs il va braver la haine
Sous le palladium de la pourpre romaine.

Naguère, réveillant nos pieuses douleurs,
Boulogne de Louis retraça les malheurs,
Et, dans un mandement aussi doux qu'énergique,
Guidé par l'Esprit saint, son glaive apostolique
A frappé deux géans, terrassé deux grands noms
Sous les palmes des arts distillant les poisons.

Le Rhône, avec orgueil se parant de leur gloire,
Rafraîchit dans son sein leurs lauriers toujours verts,
Et ses flots, en roulant au vaste sein des mers,
Aux mondes éloignés murmurent leur mémoire,
Qui comme l'océan embrasse l'univers.

   Saint-Didier, embouchant la trompette guerrière,
Des champs de l'épopée entr'ouvrit la barrière,
Que du vainqueur d'Ivri le chantre plus heureux
Parcourut, embellit, éclairé de ses feux,
Quand son frère Folard de la voie ascétique
S'écartait pour chausser le cothurne tragique:
Le Vegèce moderne aux mystères de Mars
Initiait Vendôme, et Berwick et Villars;
Et, bon Français autant qu'excellent capitaine,
Gardait ses lauriers purs des dons du prince Eugène.

   Des maximes du Christ ardens propagateurs,
Théologiens profonds, éloquens orateurs,
Salian, Saint-Genet, Suarez, Cabissole,
Des rives de Vaucluse au sein du Capitole
De la grace expliquaient l'invincible pouvoir
Aux rayons du flambeau de leur vaste savoir.

   De ses lauriers sanglans la fière Melpomène
A couronné Ferlier qu'en sa pieuse chaîne
Le saint office un jour punit hélas! pour rien;

Pour avoir dit qu'amour est le souverain bien.

Morénas le premier, leur attachant des ailes,
Des cours dans les hameaux fit voler les nouvelles.

De la chaire aux banquets on vit courir Felon
Qui, pour avoir accès à la cour d'Apollon,
Emprunta des Latins la langue poétique,
Et chanta les vertus de la fève arabique.

Nous trouvons, pour grossir ce cortège d'auteurs
Que les vierges du Pinde ont comblés de faveurs,
L'épouse de Favart, dont la muse badine
Grimpait avec l'hymen sur la double colline ;
Charlet, qui sut cueillir aux yeux de ses rivaux
Une double amaranthe aux champs des jeux floraux ;
Le tendre Baculard, dont les lugubres teintes
Frappent les cœurs aimans des plus douces atteintes ;
D'Arnaud, qui toujours vif, piquant, spirituel,
Du poids de l'épigramme écrasa Marmontel ;
Fauque jetant la guimpe et gente romancière
Sur le fleuve du Tendre achevant sa carrière,
Et l'avocat Royer, qu'on vit sur l'Hélicon
Par *Chinchou Merlinchou* égayer Apollon.

La langue, n'en déplaise à Girard et Beauzée,
Par un Avignonais est mieux analysée :
Voltaire appelle utile, éloquent et profond,

Ce mémoire où Roubeaud, en argumens fécond,
Sur le vil monopole, aveugle en sa prudence,
Avec des verroux d'or, geôlier de l'abondance,
Au nom de la justice et de l'humanité,
Du commerce des grains conquit la liberté.

De nobles sentimens, un style pur et sévère,
Distinguent les discours de Tresteol son frère:
Favori de Clio, dans ses conseils admis,
Il sut la faire aimer de ses jeunes amis.
Du brillant Desmahis la lyre ensevelie
Au Pinde par ses soins reparut embellie.

De cent autres auteurs dignes d'être estimés,
Je passe aux plus connus de nos jours renommés.

Sabathier, nourrisson des nymphes de Durance,
Dans son style imita leur fougueuse inconstance,
Mais de l'art du bon goût il proclama les lois,
Et les muses, toujours dociles à sa voix,
Couronnèrent son front de la palme lyrique.

A ses côtés brillait Balze le pindarique,
Qui plus pur, plus correct en son brûlant pinceau,
De l'ode eût partagé le trône avec Rousseau,
Lui qui, chantre éloquent des fils de Véturie,
Dit si bien qu'un banni n'avait point de patrie.

Sur leurs pas illustrés vint l'abbé Borrelly;

Poète aimable, élégant, par Minerve ennobli ;
L'abbé Reyre, le guide et l'ami de l'enfance,
Qui pour elle abaissa l'arbre de la science ;
Et son contemporain, poète encor plus heureux,
Roman qui, pétillant et d'esprit et de feux,
Aux douces lois des vers arrondis en poëme
Du taciturne échec fit plier le système.
    Nos neveux à ces noms qui d'un rapide essor
Ont envahi le Pinde, ajouteront encor :
L'orateur inspiré d'une muse pieuse,
Qui peignit la vertu souffrante, mais heureuse,
Dont la religion, riche de ses bienfaits,
Au sommet du Jura proclama le succès ;
Et cet enfant gâté du dieu de l'harmonie,
Qui donnant une sœur aux filles du génie,
Loin des sentiers battus par Rameau, par Lully,
Des lauriers de Mozart, des fleurs de Rossini,
Dans Paris étonné se tresse une couronne
Qui d'enjouement, d'esprit, étincelle et rayonne,
Et que, malgré la mode et ses goûts inconstans,
Son *Robin* défendra des injures du temps.
Comme enfans adoptifs, Vaucluse revendique
De Nicolas Mignard le pinceau poétique ;
Le proscrit Balechou dont l'immortel burin

Sut imprimer la vie à des feuilles d'airain,

Et Pétrarque, enivré d'amour et de génie,

Qui, solitaire amant de Laure et Polymnie,

Modulant dans leurs bras les plus tendres concerts,

Aussi doux que son onde a fait couler ses vers.

Oui, ma patrie en tout de la Grèce rivale,

Comme elle des talens est la terre natale.

Je veux à ce propos vous rappeler un fait;

Avec plaisir toujours Maury le racontait:

Dans Paris, amateur des arts et de science,

Un estimable lord, qui voyageait en France,

Pour diriger ses pas, expliquer ses discours,

D'un cicérone habile emprunta le secours.

Dans ce palais brillant, ce temple où la patrie

Étale les trésors des arts, de l'industrie,

Il admire un tableau; l'artiste ingénieux,

Mariant des couleurs l'accord harmonieux,

D'un vaisseau fracassé par la foudre et l'orage

Sur un rescif aigu présentait le naufrage.

« De ce peintre étonnant dis-moi quel est le nom? »

— C'est Vernet. — Quel pays l'a vu naître? — Avignon. »

Auprès d'un Stanislas il voit l'humble bergère

Du fastueux Paris patronne tutélaire:

« Quel dessin pur, brillant, quelle précision!

Quel est donc ce graveur ? — Balechou d'Avignon. »
Il entre dans un temple, il entend Démosthène
Tonner, non pour armer les citoyens d'Athène,
Mais, prodige plus grand, au nom de l'orphelin,
De l'avare opulent fondant le cœur d'airain.
De ce nouveau prophète admirant l'éloquence,
« Quelle est, s'écria-t-il, sa magique puissance ?
D'aumônes, à sa voix, quelle riche moisson !
Quel est cet orateur ? — De Poulle d'Avignon. »
De Saint-Côme en sa course il voit l'amphithéâtre ;
D'élèves attentifs une foule idolâtre
Écoute un professeur disert, judicieux,
Dont le vaste savoir développe à leurs yeux
Du fluide-vital, et de l'anatomie,
Des muscles et des nerfs l'heureuse économie.
« Quel est donc ce rival de Celse et Themison ?
— C'est Verdier. — Et quels lieux l'ont vu naître ? — Avignon. »
Dans ce temple où les arts et la mythologie,
Pour nos plaisirs unis, confondent leur magie
Il entre, écoute, et croit dans le sacré vallon
Entendre résonner l'archet d'or d'Apollon.
Sur l'aile des zéphyrs s'insinuant dans l'ame,
Le son victorieux l'attendrit ou l'enflamme.
« Ce moderne Linus, ce nouvel Amphion,

Comment l'appelles-tu ? — C'est Ficher d'Avignon. »

Il veut voir ce théâtre où notre goût allie

Les chants légers d'Euterpe au babil de Thalie.

« Cet acteur dont le jeu, dans mon cœur enchanté,

Pour la première fois, fait naître la gaieté,

Dont la brillante voix, mère de l'harmonie...

— C'est Trial ; Avignon est encor sa patrie.

— *Goddem !* s'écrie enfin notre amateur anglais,

Tout homme illustre en France est donc Avignonais? »

Bonhomme, Fortunet, fils du dieu d'Épidaure,

Ont adouci les maux que nous légua Pandore.

De la nature habile à réparer les torts,

Et d'un doigt créateur enlevant sans efforts

L'humide parchemin qui cerne la paupière,

Pamard dans l'œil aveugle introduit la lumière.

Saint-Léger, de Benoît, Belus, Ferret, Payen,

Croze, Teste, Tempier, d'Astier, Bertrand, Costain,

Du temple de Thémis perçant les avenues,

Et recherchant du vrai les sources inconnues,

Du juste et de l'injuste interprètent la voix,

Et font luire un jour pur dans le chaos des lois.

Parmi ces dieux mortels de qui la bienfaisance

Extirpait les besoins et chassait l'ignorance,

Dans les fastes sacrés Vaucluse a ses élus ;

De Rascas-d'Inguimber; et toi, César de Bus,
Qui, dirigeant les pas d'une ardente jeunesse
Des salons du Portique aux sources du Permesse,
Soumis à la raison ses bonds impétueux,
Et peuplas nos cités de savans vertueux.

De Puy, dont Avignon a reçu tant de lustre,
Grossit avec éclat cette légende illustre;
Sur nos besoins divers promenant ses regards,
Il ralluma le feu du commerce et des arts;
Et, de l'autorité ferme dépositaire,
Inflexible, mais juste, humain, bon, mais sévère,
Esclave de la loi, mais sensible à nos pleurs,
Contint les factieux de toutes les couleurs;
Sa voix ressuscita l'instruction publique;
A l'artiste il ouvrit l'étude de l'antique,
Enrichit la cité d'utiles monumens,
De l'Athénée enfin jeta les fondemens;
Et, nouvel Aristide, en perdant la puissance,
Emporta nos regrets, notre reconnaissance;
Et, pour dernier bienfait, a laissé pour légat
A son digne héritier, au jeune magistrat
Qui sait dans la grandeur sacrifier aux graces,
La noble ambition de marcher sur ses traces,
Et le dessein, déjà fortement prononcé,

D'achever tout le bien qu'il avait commencé.

Je n'exhumerai pas les annales antiques
Où brillent nos vengeurs des libertés publiques ;
Assez d'autres héros, favoris du dieu Mars,
Dans des temps moins obscurs brillent à nos regards.
De notre bon Henri je vois l'appui fidèle,
Qui, des héros toujours sera le vrai modèle ;
Fameux par sa valeur, son intrépidité,
Moins que par sa franchise et par sa loyauté,
Dont nos vils décemvirs, qu'offusquait toute gloire,
Dans leurs plus grands excès respectaient la mémoire.
Pour son éloge, enfin, il suffit de son nom ;
Il est tout dans ces mots : c'est le brave Crillon.
Son fils, portant de Mars le laurier et la foudre,
Sous les yeux d'Albion réduit Minorque en poudre,
Et revient dans nos murs, berceau de ses aïeux,
Calmer des révoltés les flots séditieux,
Tandis qu'en ses écrits, vrai trésor de morale,
Son frère de l'impie arrête le scandale ;
Et Mars, avec orgueil, voit les sœurs d'Apollon
Honorer comme lui le beau nom de Crillon.

Dès ses plus jeunes ans de la gloire guerrière
De Gadagne suivit la brillante carrière :
Valenciennes, Paris, Lentz, les Dunes, Rocroi,

Attestent sa valeur, son zèle pour son roi ;
Sous les drapeaux flottans de la Ferté-Turenne
Il ramena souvent la victoire incertaine ;
Mais fier, impatient et fougueux Provençal,
Fit trop valoir ses droits pour être maréchal.

Panisse, Lorius, Cambis, Forbin, Calvière,
Défendirent des lis l'invincible bannière.
Sainte-Colombe, enfin, par des feux protecteurs,
D'un pillage à Crémone épargna les horreurs.

Dans ces temps malheureux où le torrent des crimes
Partageait nos cités en bourreaux et victimes,
Ouvrant aux malheureux l'asile de leur camp,
L'impétueux Mounier, le valeureux Chabran,
Sur les rocs d'Helvétie, aux champs de Barcelone,
Ceignaient leur front vainqueur des palmes de Bellone.

Aux fruits amers cueillis sur les lauriers de Mars
Mêlons le miel si doux que distillent les arts.

Des Parrocel nombreux, deux animant la toile,
Ont brillé dans nos murs comme une double étoile
Dont un artiste habile assemblant les rayons,
Des futurs Raphaël dirige les crayons.
Sauvan, Peru, Raspay, sur la toile ou la pierre
Ont conservé les traits d'un époux ou d'un père.

Ennoblissant le tour, l'ingénieux Barreau

Imita de Vulcain le mobile réseau;
Se fit de l'humble buis un instrument de gloire,
Et souffla dans les airs une sphère d'ivoire.

Monnier, contre un ingrat justement irrité,
De son pinceau moqueur vengea la vérité.

Et toi dont les talens furent les seuls ancêtres,
Toi qui d'un vol hardi, sans précurseur, sans maître,
Parvins à te frayer vers l'immortalité
Un chemin avant toi par nul autre tenté,
Vernet, par qui Florence et la superbe Rome
Devaient à notre France envier un grand homme;
Toi qui loin des mortels, et fuyant leur regard,
Allas même en sa source étudier ton art;
Viens, chargé des trésors de la riche Italie,
Parer de ses lauriers la France enorgueillie.
Le ciel est orageux, mais le pilote ardent
De l'époux d'Amphitrite affronte le trident;
Viens partager son sort; le démon des tempêtes
Réserve à tes pinceaux de nouvelles conquêtes.

Lorsque la trahison, planant de toutes parts,
De Toulon royaliste eut livré les remparts,
Que de nos lis fanés, noble et dernier asile,
La Malgue eut épuisé son salpêtre stérile,
Vers des bords incertains, Troyen infortuné,

2

Loin d'Ilion en cendre, à l'exil condamné,
Dans l'horreur de la nuit, quand le vaste incendie
S'élançait dans les airs en colonne hardie,
Et dans les flancs des pins fesant couler ses feux
Dévorait de Thétis les trésors résineux;
Au milieu du tumulte, au milieu des alarmes,
Debout sur le tillac, les yeux baignés de larmes,
Quand vers l'Ibérien, seul touché de nos maux,
La proue en long sillon dirigeait nos vaisseaux,
Le fougueux aquilon, messager de naufrage,
A ces fléaux divers vint ajouter sa rage.
O Vernet! plein alors, plein de ton souvenir,
Et d'un vaste regard embrassant l'avenir,
De ton enthousiasme évoquant le prodige,
Je sentis dans mon cœur renaître son prestige;
Et jaloux de tracer, mais d'un autre pinceau,
De ces belles horreurs le fidèle tableau,
L'obscurité des cieux et la voix des orages,
Et l'éclair serpentant sur le front des nuages,
Et les vents déchaînés sur l'onde mugissans,
Enchantaient mes esprits, sans émouvoir mes sens;
Et lorsqu'enfin, lançant sa flèche étincelante,
La foudre au haut des mâts cherchait la voile absente,
Qu'en de liquides monts les flots amoncelés

Assaillaient du vaisseau tous les flancs ébranlés ;

Que Neptune en fureur sur ma tête stoïque

Faisait tomber la vague en torrent phosphorique,

Des matelots en pleurs et de crainte glacés

Écoutant en pitié les vœux intéressés,

Et contemplant des cieux le désordre sublime,

D'un œil calme et serein je mesurais l'abîme.

Mais tous les dieux des mers veillèrent sur tes jours ;

Ils voulaient de ton art s'assurer le secours.

Avant toi, leurs autels, offrandes incomplètes,

N'avaient encor reçu que l'encens des poètes,

Quand, pour eux seuls muets, mille peintres fameux

Avaient par leurs tableaux magnifiques, pompeux,

Enfans d'un long travail et d'un heureux génie,

Illustré les Lombards, la France et l'Ausonie :

Thétis s'en indignait, et Neptune jaloux

Voulut que ton pinceau fît craindre son courroux,

Fît aimer de Thétis les attraits, le sourire,

Et jusque sur la terre étendît son empire.

Ton cœur noble, et sensible à leurs soins bienfaisans,

Leur dévoua dès lors ton culte et ton encens.

A peine tu descends de la nef triomphale,

Que ta reconnaissance éclate et se signale.

De nos ports dont les bras, en demi-cercle ouverts,

Accueillent les vaisseaux insultés par les mers,
Grace aux fruits créateurs de tes savantes veilles,
Nos salons étonnés renferment des merveilles.

Tes pinceaux sont trempés dans les feux du soleil,
Et répandent comme eux un jour pur et vermeil.
Parmi les doux reflets d'un riant paysage,
Au milieu des débris d'un horrible naufrage,
Tu fais naître à ton gré, sous ton pinceau vainqueur,
Le sentiment qui touche ou qui serre le cœur.
La nature, à la fois ta mère et ton amante
Attisant dans ton sein le feu qui le tourmente,
A ton regard avide ouvrit tous ses secrets,
Et te livra ses fleurs, son ciel et ses forêts.
Roi du pinceau des mers, ta savante palette
Sait prêter une voix à la couleur muette;
Du matelot qu'égaie un sombre souvenir
Tu nous fais partager la crainte et le plaisir;
Et sur le lin tissu, par de vives images,
De la foudre et des vents tu fixes les ravages.
Dans le cercle enchanteur de tes riches tableaux
On voit voler Zéphyr, on voit couler les eaux;
On voit la pourpre et l'or dont le ciel se colore
Quand devant le soleil fuit la timide aurore.
Lorsqu'il voile Thétis de ses derniers rayons,

Ton art sait adoucir l'éclat de tes crayons;

Et du feu créateur de ta verve enflammée

D'insensibles objets la scène est animée.

Aussi dans ce salon où vingt genres divers

Étalent leur chef-d'œuvre aux yeux de l'univers

« C'est vous, Vernet, » te dit une auguste princesse

Avec autant d'esprit que de délicatesse;

« Vous qui, par vos pinceaux, sceptre des élémens,

« Faites toujours ici la pluie et le beau temps. »

Le succès de tes vœux surpassant l'espérance,

L'étude de ton art faisait ta jouissance;

De l'ennui plus pesant que les plus durs travaux,

La paresse en bâillant a pétri les pavots :

Comme de nos jardins la reine parfumée

Exhale dans les airs son haleine embaumée,

Lorsqu'aux rayons du jour avide de s'ouvrir,

Par ses efforts, unis aux efforts du Zéphyr,

De sa verte tunique elle a brisé les chaînes,

Ainsi notre bonheur naît du sein de nos peines.

Seul dans ton atelier, en d'utiles loisirs,

Fixant auprès de toi la gloire et les plaisirs,

Tu voyais sans orgueil le génie en silence

De fortune et d'honneurs couronner ta constance;

De son nectar divin il allaitait tes fils,

Croissans comme un palmier, aux rives de Memphis,
Par ses fruits savoureux et son dôme champêtre,
Ornant, enrichissant les lieux qui l'ont vu naître.
Ta gloire est de leur nom le lustre et le soutien;
Et leur plus beau triomphe est encore le tien.
Héritiers d'un pinceau légué par le génie,
Ils ont, dé tes concerts prolongeant l'harmonie,
Perpétué ton nom, ta gloire, tes talens,
Et sous leurs verts lauriers caché tes cheveux blancs.

Des chevaux peints par Carle admirant la noblesse,
La belliqueuse ardeur, la grace, la souplesse,
Le vieux Cortonien se serait écrié :
« Marche donc, car tu vis; l'as-tu donc oublié? »

L'histoire a couronné tous les tableaux d'Horace.
Des héros et des rois à nos yeux il retrace
Les nobles passions et les succès divers,
Les triomphes brillans ou les sanglans revers.
Des victimes de Mars peignant les funérailles,
Il a conquis le nom de peintre des batailles.
Des vainqueurs de Fleurus trahis à Waterloos,
Son pinceau mâle et fier fait toujours des héros.

Mais à la gloire en vain, dont ils sont les arbitres,
Ta muse, tes talens te donnent tant de titres :
A ses faveurs un jour tu perdrais tous les droits

Sans l'hommage éclatant que de nous tu reçois.

Oui, crois-moi ; si sa sœur, l'aimable poésie
N'arrosait tes lauriers de sa douce ambroisie,
En vain ils répandraient la plus suave odeur,
Le vent du lendemain flétrirait leur fraîcheur.
De ton art enchanteur la vertu créatrice
A besoin que des vers la muse protectrice
Du souffle de Saturne et sa tranchante faux
Sous ses ailes d'airain défende tes tableaux,
Et, proclamant ton nom de sa voix tutélaire,
Rende dans l'avenir ta gloire populaire.

C'est en vain que, fuyant les nymphes de Syros,
Achille aurait été le plus grand des héros;
Que des philtres d'amour repoussant le breuvage
Ulysse des mortels eût été le plus sage;
Que Phidias aurait, d'un doigt industrieux,
Animé des mortels, ou fait tonner les dieux;
Qu'Hélène, Cléopâtre, et Julie et Corinne,
Et Laure, notre orgueil, de leur grace divine
Auraient ravi jadis nos pères enchantés :
L'écho ne dirait plus leurs charmes si vantés,
Le temps de ces beaux noms eût englouti la gloire;
Mais les fastes des vers ont gardé leur mémoire.

Tout périt : lois, états, temples, trônes, autels;

Souffle émané des dieux, les vers sont immortels.

Au sommeil des tombeaux arrachant ta paupière,
Viens donc, Vernet, au sein de ta famille entière;
Viens embellir encor ce jour de ton aspect,
Recevoir nos tributs d'amour et de respect;
Viens jouir, le front ceint de laurier et de rose,
Du spectacle touchant de ton apothéose,
Et du bonheur d'avoir une postérité
Digne de partager ton immortalité;
Et qui va, s'envolant sur le char de ta gloire,
S'asseoir à tes côtés au temple de Mémoire :
Tel un cèdre entouré de rameaux triomphans
S'élève vers les cieux avec tous ses enfans.

FIN.

IMPRIMERIE DE H. FOURNIER,
RUE DE SEINE, N° 14.

www.ingramcontent.com/pod-product-compliance
Lightning Source LLC
Chambersburg PA
CBHW070912200626
46818CB00006BA/2484